Giuseppe De Leonardis

In morte dell'illustre cav. Ferdinando De Luca

Antigonos

Giuseppe De Leonardis

In morte dell'illustre cav. Ferdinando De Luca

Ristampa immutata dell'edizione originale del 1869.

1ª edizione 2024 | ISBN: 978-3-38663-461-8

Antigonos Verlag è un marchio della Outlook Verlagsgesellschaft mbH.

Verlag (Editore): Outlook Verlag GmbH, Zeilweg 44, 60439 Frankfurt, Deutschland
Vertretungsberechtigt (Rappresentante autorizzato): E. Roepke, Zeilweg 44, 60439 Frankfurt, Deutschland
Druck (Tipografia): Libri Plureos GmbH, Friedensallee 273, 22763 Hamburg, Deutschland

IN MORTE

DELL'ILLUSTRE

CAV. FERDINANDO DE LUCA

CANTO

DI

GIUSEPPE DE LEONARDIS

FIRENZE

COI TIPI DI M. CELLINI E C.

alla Galileiana

—

1869

« Da qualche giorno la falce ineso-
rabile della morte si compiace di mietere
Vite illustri. Non ancora poteva dirsi raf-
freddata la salma del compianto oculista
Quadri, rapito alla scienza nella immatura
età di quarantun'anno, che un'altra *chiara
rinomanza*, quella del Cav. FERDINANDO DE
LUCA, insigne Geografo e Matematico, è
mancata a' viventi. Possa almeno la scom-
parsa di Uomini, che onoravano la Patria
con le loro nobili fatiche, essere di sprone
alla giovane generazione per sostituirli de-
gnamente ».

Giornale La Libertà, Napoli, 12 Agosto 1869.

A SERRACAPRIOLA

MIA PATRIA

PER LA PERDITA DI UN TANTO UOMO

DOLENTISSIMA

Benchè lontano, unito, come sempre son'io, con lo spirito alla Terra che mi diede i natali, ho diviso il dolore che essa ha provato per la morte dell'onorando Cavalier FERDINANDO DE LUCA, *ed ho cercato farmene interprete fedele. In Lui l'Italia ha perduto un Figlio, la Scienza un Luminare, Serracapriola il suo lustro maggiore; ed io!.... piango in Lui la perdita del Maestro, che, fin dagli anni primi di mia gioventù, di tanti e sì larghi consigli mi sovvenne in quest'ardua palestra ch'è degli studi. Da Lui, di fatto, mi vennero, epistolarmente e per le stampe, i primi conforti. Sol che me ne ricorda; e 'l cuore già mi s'intenerisce di nuovo, ed una lagrima già mi gronda dal ciglio. Era dunque un*

omaggio di filiale affetto, di ammirazione pro-
fonda, ch' io doveva rendere alla memoria
di quel Grande; e son lieto di potergliela
tributare, piangendo. È funebre serto, ch'io,
con animo riconoscente, depongo su la tom-
ba di Lui, per mano della Patria comune.

Gradisca, Signor Sindaco, e faccia gra-
dire a tutti di codesta Municipale Rappre-
sentanza i sentimenti, ond' io mi onoro di
essere e per sempre

Di Cosenza, 10 di dicembre 1869

Della S. V. Illustrissima

umiliss. e devmo

GIUSEPPE DE LEONARDIS.

CANTO

Era in cupo pensier l'animo assorto,
  Quando voce suonò che in fiochi accenti....
  Ah ! piangi, disse, il tuo DE LUCA è morto.

Vestiti erano a lutto i firmamenti,
  Per l'aere gemea l'*Ave-Maria*,
  Parean le stille lagrime cadenti.

Di Serra allor l'immago mi si offria
  Raccolta e chiusa entro funerei veli....
  « Piangi, chè n'hai ben d'onde, o Patria mia ».

In tempi, di saver cotanto aneli,
  Inconsolabilmente ah ! plori estinta
  Quella pupilla che scrutava i cieli.

Dal duol percossa, eppur dal duol non vinta,
    Tu mostri a piè d'un salice piangente
    La bella facoia di pietà dipinta.

Senti come al tuo pianto mestamente
    Il Sebeto risponde, e l'Arno ancora,
    Che sotto agli archi suoi scorre silente.

L' Eridano ah! non più le sponde infiora;
    Ed, allargata al suo dolor la piena,
    Sotto a' pioppeti suoi geme la Dora [1].

Vedi l' italo ciel come balena !....
    Ed il Reno e la Senna par che dica:
    Vado colà dove il dolor mi mena [2].

Dell' Oceàn su per la schiuma antica
    Vola infausto l'annunzio all'altra Terra,
    Che di spiriti eccelsi si nutrica.

Odi, o Patria diletta, ascolta, o Serra:
    Tu non ultimo sei, fiore gentile,
    Tra quanti scalda il sole e 'l mar rinserra,

Se dir potrai, come de' Grandi è stile:
    Il de Luca qui nacque!.... ed un saluto
    Rio-Janeiro ti mandano e 'l Brasile [3].

Quel labbro or che si fé per sempre muto,
    Ti sia conforto, o Madre, in tanto duolo
    Questo d'amore universal tributo.

Tra' celesti si posa il tuo Figliuolo,
    Mentre la Fama per l'eteree rote
    Scorrendo va dall'uno all'altro polo.

Disdegnando dell'organo le note,
    Altro tempio Ei si elesse, e della Scienza
    Si consecrò Ministro e Sacerdote.

Ampie schiuse le porte alla Sapienza
    Ei, della dotta Scuola Archimandrita,
    Nato a seguir virtute e conoscenza [4].

Nell'azzurra del ciel volta infinita
    S'affise col disio che mai non erra:
    Vide che tutto è moto e tutto è vita [5].

S' inabissò nel centro della terra:
    Avvisò che col foco prigioniero
    Nembi e tremuoti in sen gravida serra [6].

Poi misurò d'un guardo il globo intero [7];
    Nè v'ebber mai latèbre sì profonde,
    Ch' Egli non saettasse col pensiero.

Giacean romite fra deserte sponde
    Isolette nel mare di Guinea,
    E indarno il capo sospingean dall'onde.

Ed Ei, primo, lo sguardo v' intendea:
    Apparve, quale fu, vero portento,
    Quando Natura il velo a lui cedea [8].

Legislator due volte *, in Parlamento
    Se tacque o se tuonò, fu sempre onesto :
    « Nè questo fia d'onor poco argomento ».

O Patria, Patria mia, scrivi ancor questo,
    Ora che volge un tempo miserando,
    E alle sorti d' Italia sì funesto !

Carco d'anni e di gloria, memorando
    Esempio di sventura a tutti resta,
    Onor della Frentania, il tuo FERNANDO.

Posi lieve la terra in su la testa,
    Che sentì come il turbine affatica,
    Quando alta rumoreggia la tempesta.

Non torna in grembo alla gran madre antica,
    Ma torna al riso della eterna Idea
    Quella Virtù ch' è dell'oblio nemica.

Ei LUCE si nomò, di luce ardea :
    « Luce intellettual piena d'amore,
    Di che, non sazia mai, l'alma si bea [10].

Onde, l'ali spiegando al suo Fattore,
    Vide incontro venir da' monti ascrei
    Un Sofo; ed altri tre gli feano onore.

— « O venerando Veglio, tu chi sei ? —
    — « Pitagora, risponde : e questi sono
    « Archimede, Colombo, Galilei.

« Il Genio mio ricollocasti in trono.
    « La corona, che al crine m'intrecciasti,
    « Or io di stelle in cielo a Te ridono.

« I fasti di *Crotone* or son tuoi fasti [11] » –
    Qui tacque il Divo ch'ogni Grande onora.
    Questa, o Patria, ti fia gloria che basti :

Ebbe l'Archita suo *Frentano* [12] ancora.

NOTE

—

¹ Il de Luca, stato in Napoli Segretario delle reali
Accademie (Ercolanese, delle Scienze e delle Belle arti),
Socio ordinario della reale Accademia delle scienze e del
reale Istituto d'incoraggiamento, Socio residente dell'Accademia Pontaniana ; oltre a tanti altri titoli accademici (come
della Gioenia di Scienze naturali di Catania, dell'Accademia di scienze, lettere ed arti di Aci-reale, degli Affaticati di Tropea, della Florimontana di Monteleone, della
Società economica di Capitanata, degl'Incamminati di
Modigliana ec.), era Socio corrispondente de'Georgofili di
Firenze, della reale Accademia di Lucca, dell'Accademia
il Petrarca di Arezzo, della Società agraria di Bologna
e dell'Accademia delle scienze di Torino.

² Ma forse, assai meglio che in Italia, il de Luca fu
conosciuto e pregiato dallo straniero ; e prova ne sieno i
diplomi, ond'egli si onorò, di Socio corrispondente dello
Istituto storico di Francia e della Società geografica di

Parigi, nonchè di quelle di Francfort, di Breslavia, di Goerlitz, di Angers e di Nassau.

[3] Nè l'America fu seconda all'Europa: l'imperiale Istituto storico-geografico di Rio-Janeiro, a titolo di onoranza, accolse il de Luca nel suo seno; e l'Ordine cavalleresco, ond'egli si decorò, gli venne conferito dal Brasile.

È anche superfluo il dire che il de Luca fu in continua e dotta corrispondenza co' più chiari uomini del tempo: basti sol ricordare il nome dello insigne Adriano Balbì, che si degnava chiamarlo *suo Maestro* (come da una nota al *Compendio di Geografia*).

[4] Pubblicate al 1810, simultaneamente, la *Geometria sintetica*, la *Geometria piana* trattata con l'analisi geometrica degli antichi, e la *Trigonometria analitica* con un Saggio di Poligonometria, a queste tre Opere, che per sè già parevano *tre miracoli della scienza*, il de Luca indi a poco (al 1811), dava fuori la *Geometria analitica* con l'analisi cartesiana, e, dopo non più che un altro anno (al 1812), l'*Analisi a due coordinate*, ove le curve coniche sono trattate per via di problemi generali con l'analisi dell'equazione generale.

Fu la splendida manifestazione del Genio per le matematiche; ed egli al mondo scientifico si annunziava, abbagliandolo.

[5] Oltre alle due Memorie scritte dal de Luca su la *Meteora americana*, comparsa a Filadelfia nel 1833 (nella quale da' limiti, tra cui era stata osservata, ei dedusse matematicamente l'altezza del sito di essa), è celebratissima la *Geometria e Trigonometria elementare e sferica*,

dedotte dallo svolgimento successivo di una sola equazione (pubblicata al 1849).

L'Accademia di Francia, che facea le più alte meraviglie nel sentirsi annunziato il problema, mostrando quasi di non credere a questo conato supremo della mente; come poi l'ebbe letto e considerato profondamente, conchiuse col dire essere il *Non plus ultra* della scienza (come pare da un articolo di Rivista che ne faceva il *Progresso*, organo di quella illustre Società di scienziati).

6 Memoria su' *Vulcani*, in cui, parlando il de Luca del *fuoco centrale* e delle *zone vulcaniche*, animatrici di più crateri; in quella che la scienza ripurgava di vieti pregiudizi (come ad esempio, la vicinanza al mare, creduta necessaria per la esistenza d'un vulcano), si collocava, e non indegnamente, a fianco ai tanto celebrati Cuvier, Elia de Beaumont ed Alessandro de Humboldt.

7 Vedi: 1.° *Nuovi elementi di Geografia*, disposti secondo l'ordine dell' insegnamento; 2.° *Istituzioni elementari di Geografia* naturale, topografica, politica, astronomica, fisica e morale, con un rame per uso della Geografia astronomica; 3.° *Elementi di Geografia antica*; 4.° *Atlantino geografico*, composto sopra un nuovo sistema per uso delle precedenti Opere geografiche; 5.° *Note* all'edizione napoletana del *Compendio di Geografia* di Adriano Balbi; 6.° *Memoria* letta all'Accademia Pontaniana, *Sul miglior ordinamento degli studi geografici*; 7.° *Memoria* su la giusta nozione che bisogna dare alla *Geografia storica*, confusa finora con la *Storia geografica* e con la Storia. N'esiste un favorevolissimo cenno nel *Giornale dell'Istituto storico di Francia* (Vol. V, pag. 187); ed all'uopo egli stesso, in data del dì 9 di settembre del 1858, da Napoli mi scri-

vova così : - « Sopra tutto in *Geografia antica* ci aggiriamo
« in un *mondo di oscurità e di opinioni ;* dappoichè e Tolo-
« meo e Strabone e Pomponio Mela e Plinio assai poche
« cose, e anche piene di scorrezioni , ci hanno tramandato.
« Gli errori di Tolomeo , in fatto di longitudine e latitu-
« dine, giungono a *molti gradi ;* cosicchè i geografi sommi
« hanno dovuto stentare a potere stabilire qualche città da
« lui descritta, e con molta erudizione. Noi abbiamo de' *mi-*
« *serabili lavori geografici* fino al V secolo : dal V al XV
« succedono *dieci secoli di tenebre ;* a stenebrare i quali ci
« bisognerebbe correre e rovistare tutte le biblioteche,
« tutti gli archivi, tutti i codici ; lo che non è nè può
« esser l'opera di un sol uomo , nè di una generazione.
« Ed è perciò ch' io sostenni col Geografo portoghese Si-
« gnor Giraldes un'animata polemica su la *incsistenza di*
« *una Geografia storica ,* ben diversa dalla *Storia geogra-*
« *fica ;* e l'Accademia francese sentenziò a mio favore con
« le seguenti parole : *Il faut donc dire avec M. F. de Luca*
« *que la Géographie historique manque complètement* etc. ».

[8] Scoperta prodigiosissima, fatta senz'altro mezzo che
con quello, puramente tradizionale , onde in Tolomeo se
ne serbava ricordanza, e quindi per via di calcoli matematici ed astronomici ; quelle isole perciò ora portano il
nome di *Isole de Luca.*

[9] Al 1820, ond' ebbe tanto a patire dalla polizia
borbonica, ed al 1848, che si chiuse con la catastrofe san-
guinosa del 15 di maggio. *Amar la patria* era delitto : e
ciò non valse mai al de Luca l'onore di una cattedra alla
Università, quando niun altro erane di lui più meritevole
e degno. Appena gli fu consentita una lezione alla *Nun-*
ziatella , collegio militare ; e ciò fu sagacia e scaltrezza

di Governo, affinchè de'lumi della scienza non si giovassero che i giovini uffiziali dell'esercito soltanto. Il Genio, così, veniva posto a' servigi della tirannide armata: e fu il vero supplizio di Prometeo. Tanto bastò a taluni per calunniarlo: tanto a noi basta per ammirarlo e compiangerlo!

[10] Figurano tra le Opere minori di lui: 1.° *Agrimensura popolare*, ove il problema della divisione del poligono in data ragione è stato dedotto dalla proprietà della eguaglianza de' triangoli, che hanno la stessa base e la stessa altezza; 2.° *Principî sulla educazione*, applicata alla istruzione de' seminari; 3.° *Disegno di una educazione compiuta*, sotto l'aspetto religioso, letterario, scientifico e morale; 4.° *Sul miglior metodo di una pubblica istruzione*; 5.° *Tavola* per la conversione reciproca de' pesi e delle misure antiche in quelle sanzionate dalla legge del 6 di aprile 1840; 6.° Sul *Magneto-elettricismo*, Memoria letta alla Reale Accademia delle scienze nella quistione di *anteriorità* fra i chiarissimi Faraday e Nobï; 7.° Varie *Memorie* su vari punti della *Storia delle matematiche*, inserite nel *Progresso*, e pubblicate dall'Autore in un'opera a parte con alcune modificazioni; 8.° *Memoria sulle stelle cadenti*; 9.° e molte altre *Memorie* e *Rapporti* matematici, geografici e fisici, inseriti nel *Rendiconto* de'lavori della Reale Accademia delle scienze, e in altri giornali nazionali ed esteri.

Fecondo ed operoso cultore della scienza, si direbbe, in Lui, pria che la intelligenza, fosse mancata la vita; anzi parea, come questa più declinava, quella si raccendesse sempre più viva, e scintillasse anco più bella. Quanto tempo ci vorrà, perchè sorga una intelligenza, che, in vastità e profondità, pareggi quella del de Luca!

[11] *Memoria*, pubblicata in Napoli al 1845 pe' tipi del Fibreno, contro l'autorità del Montucla (celebrato autore della *Storia delle matematiche*), per ridonare alla *Scuola italica* tutta l'antica Geometria : cioè, l'*Analisi geometrica*, le *Sezioni coniohe* e i *Luoghi geometrici*, attribuiti falsamente a Platone, ovvero all'Accademia da lui fondata in Atene.

  « Nè con ciò (scriveva a pag. 47) noi vogliamo de-
« rogare in minima parte alla *ben meritata celebrità* di
« Platone, nè a' *tanti titoli* che ha l'Accademia alla rico-
« noscenza de' dotti, pe' maravigliosi progressi che per sua
« opera ha fatto la Gèometria. Che anzi, considerando
« l'Accademia come la *depositaria della sapienza geometrica*
« *de' filosofi crotoniati*, noi la chiamiamo a parte della
« gloria della Magna Grecia, che in Atene, per opera di
« Platòne e de' suoi discepoli, divenne sempre maggiore ».
- « Iddio lo avea creato per esser *grandissimo* : ed in
« qualunque tempo fosse egli nato, sarebbe sempre di-
« venuto il *capo di una scuola*, destinata ad illuminare il
« suo secolo e l'età future ». - « Desio di sapere spinse
« il filosofo ateniese ad accrescere le forze del suo ingegno
« *divino* con quella di tutta intera una scuola *famosa* ». -
« Egli non defraudò la umanità di tutte quelle dottrine,
« che rese *pubbliche* ». - « Lungi dall'impedire i progressi
« delle scienze, Ei le promosse con tutto l'ardore d'un
« *vero filantropo* ». Se non che (e qui cominciano i
« torti) - « ardente brama di gloria gli suggerì l'idea di
« fare scomparire le fila, che lo rendevano *ligio della*
« *Scuola italica* ». - E di qui l'opera magnanima del de
Luca.

  « I pochi scritti di quella *Scuola illustre* o furono
« confidati a mano infedele, o furono venduti a per-
« sone che se li appropriarono. Così (dalle opere di

« Giamblico, di Laerzio e di Aulo Gellio, all'uopo da
« lui citate) sappiamo che Platone comprò per 40 mi-
« ne alessandrine gli scritti di Filolao Crotoniate, o da
« lui stesso, per la qual cosa fu questi riguardato *profa-*
« *natore della Scuola pitagorica*, o dalla vedova di lui,
« dopo che fu trucidato da' suoi concittadini. Sappiamo di
« più da una *lettera di Archita a Platone* (riportata da
« Laerzio) che il geometra ateniese aveva richiesto al ta-
« rantino gli scritti di Ocello; e che, sebbene Archita gli
« avesse già rimesso buona parte di quelle notizie che ne
« conosceva, pure si era portato nélla Lucania presso i
« nipoti di Ocello, per appagare i desiderî di lui » (pa-
gina 41). Ed è buono se ne ricordino le parole precise:
*Venimus ad Lucanos, ibique convenimus Ocelli nepotes:
quae autem ipsius de Legibus, de Regno ac Pietate, rerum
generatione ipsi habemus, eorum quaedam misimus.* In un'altra lettera che Platone scrisse ad Archita, e riportata da
Porfirio nella *Vita di Pitagora*, gli confessa apertamente
quanti vantaggi egli aveva raccolto dagli ammaestramenti
di lui. - « Ma (osserva, e ben a ragione, il de Luca),
« morto Archita, dispersi e messi a morte i filosofi della
« Magna Grecia, e possessore degli scritti di Filolao è
« delle opere di Ocello, Platone non solo *chiuse il suo*
« *cuore alla riconoscenza verso i geometri della Scuola ita-*
« *lica*, dal cui conversare e da' cui scritti aveva *tutto*
« *imparato*, ma desiderio di gloria lo rese anco *svilaneg-*
« *giatore de' suoi maestri e della loro dottrina;* perchè si
« raffermasse l'opinione che le *invenzioni*, ond'era cre-
« duto l'*autore*, fossero parto del *suo ingegno*, ovvero
« opera della *sua scuola.* E bene il poteva senza timor di
« rimprovero; poichè gli abboccamenti tra lui ed Archita
« e l'acquisto degli scritti di Filolao e di Ocello, morto
« l'uno e gli altri, non avevano più testimoni, e rimane-

« vano nel fondo del suo cuore coperti dall'impenctra-
« bile velo del silenzio e della dissimulazione » (pag. 42
e 43).

Nè qui si arrestava il de Luca, dappoichè, ricco di
tante cognizioni storiche, avrebbe fatto un'opera solamente
erudita, ma non *scientifica*. E nella precitata lettera del 9 di
settembre 1858, a volermi provare come le autorità non
possano giammai scompagnarsi da'*fatti*, e che tanto va-
lore esse hanno quanto ne attribuiscono loro i *monumenti*,
nella seguente forma si esprimeva : - « Così, a cagion di
« esempio, i greci scrittori avevano indotto l'errore che
« tutto nell'antica Geometria dovesse attribuirsi a Platone
« Or dalla disamina de'celebri problemi dell'antichità, la
« *duplicazione del cubo* e la *trisezione dell'angolo*, io mi
« accorsi che i celebri geometri della *Scuola italica* ave-
« vano trattato gli *stessi problemi*; e però che Platone
« era stato un *plagiario*. E io sostenni la tesi e mi battei
« con *due giganti europei:* e ho avuto il piacere di ripor-
« tarne *piena vittoria* per deliberazione dell'Istituto sto-
« rico di Francia. I monumenti per me furono i *pochi*
« *lavori geometrici rimastici degli antichi* ». - La scienza
e la erudizione concorrevano dunque insieme a far che
trionfasse il vero; e, convinto di plagio Platone, dopo una
lotta, sostenuta a fronte del Jullien, membro dell'Istituto
storico di Francia, e del celebre Ideler, socio dell'Accademia reale delle scienze di Berlino (che sono i *due giganti*, cui faceva allusione il de Luca), riusciva a ridonare all'Italia una delle glorie più belle e pure : quella,
cioè, di aver la prima, o inventato l'*Analisi geometrica* e
trattato i *Luoghi geometrici* e le *Sezioni coniche*, o di aver-
ne esteso tant'oltre i confini che *qualche giunta appena*
poi ne fu fatta dalla scuola di Platone, e da quella, famo-
sissima, di Alessandria.

« È questo uno de' *tanti allori* strappati dagli esteri
« alla gloria della *nostra bella patria comune* » il de Luca
scriveva con anima altamente italiana (pag. 9); e l'Italia, la Storia, la posterità gliene saranno riconoscenti.

[11] Che l'odierna *Serracapriola* sia l'antica *Frentanum*
o *Rocca frentana*, da cui (com' è opinione degli archeologi)
trasse origine *Frentania* tutta, e, come tale, di cinque
secoli anteriore alla fondazione di Roma, è verità per me
medesimo dimostra nella *Monografia* che fa parte dell'*ex
Regno descritto ed illustrato*, ed inserita nel Vol. VIII
(pag. 41 a 64), con approvazione dello stesso de Luca,
giusta la sua lettera del 21 di maggio 1856, messa a
stampa nel *Poliorama pittoresco*, giornale che allora si
pubblicava in Napoli (anno XVII, pag. 122 e 123).

Prof. GIUSEPPE DE LEONARDIS
Preside nel Real Liceo ginnasiale Telesio.

———